시는 나의 꽃

오수인 시집

시는 나의 꽃

자연은 신의 영역
나는 의심 없이 신의 영역으로
들어갔다.
나 스스로가 자연이고 자연의 산물
자연의 편린이니까!
억겁 세월
영원할 것 같은 자연에도
생성과 소멸의 시학.

두려워 마라!
우린 아직
자연의 품에서 누리는 행복
무엇으로도 견줄 수 없는 뮤즈
생로병사
우리는 죽음이 있기에
삶이라 했다.
죽기 위해서 산다.

웰 다잉(Well Dying)
자연처럼 살다가 자연으로
돌아가리...

새벽은 축복이다.
이슬이 풀잎을 깨우듯
청량한 바람은 신의 입김이다.
산에 기대어 살다가
자연에 순응하는 나의 삶
나의 첫 시집에도
나와 자연과의 대화 형식으로
집필되었다.

오늘도 자연의 고마움에 감사의 기도를 올린다.

차
례

1부

꽃잎사랑

2부

생명의 노래

4부

꽃과 나비

5부

향수

오 수 인 시 집

1부

꽃잎사랑

봄의 소곡

나목의 군락지에
독야청청 푸른 잎
잔설은 벌써
백설 고운 마음으로
한 움큼 햇살에 녹아들면

굳게 다문 입
봄의 찬가를 노래하리니
파릇파릇 저 높은 하늘아
청청 깨어나라.

서두르지 않아도
순응하는 자연과 더불어
하늘을 담아낸 작은 새들도
가벼워진 깃털보다
더 높이 날아오르네

나의 봄

오늘은 살바람
들에 핀
작은 꽃 한 송이 아정하다.

누굴 닮았기에
어찌 저리도 고울까?

저 산은
숫접은 처자 연지볼
꽃물에 젖는데

봄은
달동네 아낙의
육자배기 가락에서 오나 보다.

나무 수국

소담스레 피어있는
한 떨기 세월의 꽃

청량한 이슬처럼
그대는 백색 나신이여

다래다래 안으로
뽀얀 마음 젖어들고 싶어라!

진달래 꽃

덕릉고개 가는 길은
홀로 시오리 길
꽃으로 꽃으로
앞산을 건너서 가네...

이산 저산 눈물 자국
울어대는 두견새야
산은 온 산은
핏빛으로 짙어만 가는데...

정든 님 떠나간
한 서린 옛길에
그리움도 기다림도
해맑게 피는구나!

메밀꽃 필 때

들이 하늘이네
선녀들이 내려와
저 넓은 천상 화원을
하얗게 덮었네

내 너를 고임 하려
우주를 뒤집었구나
하늘은 어디 가고
땅이 하늘이네

하얗게 하얗게 흐르는
꽃 별들이
은하수 강물 되어
바람결에 흔들리고 있네

수락산 하강 바위는

몇몇 초보자들이
자일을 깔아 놓고
레펠 하강 연습을 하기도 한다.

지금 난 고령이지만
월남전 참전을 위한 난도 높은
훈련도 해냈다.

하강 바위
어쩐지 친근감이 들어서일까?
새벽이면 아내와 함께
이곳을 지나 정상으로 오른다.

부부가 같은 취미로
함께 하니 행복이다.
웰 다잉의 준비는 자연히 끝!

통나무집 풍경

골바람은
고샅길로 내려와
아담한 카페
창가에 머물고

나팔꽃은 바람에 취해
덩굴손이 지나간 암각화를
더듬어 시를 쓴다.

파란 나팔꽃
원목 간이의자가 어울리는
통나무 카페

오가는 길손들의 환한 미소가
창가에 머물다 떠나는
순간의 환희

봄의 소리

잔디밭을 걷다가
꼬물꼬물 새싹들이
간지럼을 태우네

지구촌 모퉁이 뜨락에도
저기 온 들이
발바닥이네

파릇파릇 움트는 새싹들이
기어이 해냈구나

봄의 소리
봄비 소리에 풀잎들도
자지러지네

작은 섬

낙조가 아름다운 다도해
다리를 놓아 이어진
둥둥 섬들이

떨어져 있어도
함께 떠가는
숙명 같은 우리

다른 모양의 저 섬들이
한곳으로 모이면
마음도 하나가 될까

칡덩굴

봄이라 여린 새싹인가 했더니
곡우-입하-하지
절기를 덮어버린 칡덩굴에
때까치 한 쌍이 반기는구나!

어디까지 자랄까
아니나 다를까
지랄 맞게도 얽히고설킨 것들이
숲을 이룬다.

그 속에서 꿈을 꾸는
말벌과 독사
우거진 넝쿨에 고사 되는
나무는 더 애처롭다.

보랏빛 꽃 피워가는
한여름 더위는
식을 줄을 모르는데
그 욕심은 어디까지일까...?

바람이 되어

나더러 바람이 되라고 하네
사계를 지나오면서
봄의 빛으로
오라는구나

순백의 세계를 남기고
헐거운 옷 벗어놓고
봄 햇살을 입고
오라는구나

녹녹한 열기로 새순을 깨우며
아지랑이 오르는 들
한 해의 시작으로
오라는구나

파릇파릇 들녘에
종달새 나는 하늘에
훈훈한 바람으로
오라는구나

봄날

수락산 등산로에
반가운 얼굴들
만나는 의미는
서로를 확인하는 안도감입니다.

어젯밤 봄비는 감미로웠고
진달래꽃 일 년 만의 해후
수줍은 미소가 상큼합니다.

봄비에 젖은 낙엽들이
꿈에서 깨어나듯
노인들의 모습에서처럼
봄날 얼굴들입니다.

봄빛에 기대어
고목의 가지에도 꽃 한 송이
피어나는 봄
오늘이 참 좋습니다.

고산 화원

분화구 척박한 땅에서도
꽃은 피고
바람에 흩날리는 꽃향기
천리를 가네

무엇이 이토록
아름다운 빛을 토해냈을까
태곳적 향기가 묻어나는
황홀한 고산 화원

하늘이 내려오고
구름이 열린 자리
어디에 피어있을 너의 혼
엎디어 뜨거워지는 가슴에

운해는 또 시공을 잊은 듯
청명한 하늘에서 비가 내리고
걸어가는 바람은
천년 향기를 품고 자지러진다.

수락산 배낭 바위

차분히 내려앉은 낙엽들은
갈피마다 아련한 추억인 양
작은 바람에도 뒤척인다.

산은 저만치 제 모습대로
찬란한 것들과
고독한 것들과

노을빛 끝닿은 소실점에서
내 삶의 진실은

언제고 채워야 하는
공덕의 길
배낭 바위의 메아리다

어미 꽃

하늘대네
휘어져도
고개 숙이진 않아

안으로 안으로
비에 젖은 꽃술의 씨앗은
여덟 꽃잎 안으로 감싸며
속삭이듯 말하네

조금만 참아
우린 코스모스야
햇살이 바람을 데리고 올거야

너희는 청순가련한 꽃
가을의 꽃이란다
흔들어야 해 어미처럼
흔들려야 꽃인 게야

봄날의 서정

산책길 어슴새벽
노란 개나리꽃 반기는
4월의 어느 날

얼굴에 스치는 바람도
아직은 차가운데
물오리 잿빛 두루미
함께 평화롭다.

저 애어린 새순들
춥지나 않을까
저 돌멩이들도
추워 보이는데

산은 산대로
물은 물대로
자연의 오묘함과 생명의 신비로움

이렇게 평화로운 날에
당신과 함께 가는 길
지난 세월도 그리워하자

황산

허공에 매달은 억겁 세월
올려 보아도 천 길
내려 보아도 천 길
날짐승 길짐승
지쳐서 돌아가네

옛 시인 묵객들은
어디로 가고
창 날 솟은 구름바다에
한 폭의 수묵화만 떠 있네

만중운산 굽어보니
옥병루 영객송은
산객을 영접하는데
백아령 공작송은
이슬만 먹고 신선과 노니네

천상누각 백옥루에 오르니
옥병루 백아령 저 멀리
천도봉이 아득하다

봄비 오는 날

비 오는 새벽은
침묵을 하자

여명의 새날이
다시 깨어날 때
나무와 풀잎은
가슴으로 젖는다

소록소록 빗소리
애어린 생명들
옹알이로 내린다

싸리문도 젖혀두고
누구를 기다리나
고샅길 무논에는
개구리 소리 요란하네

오월에 내리는 비

오월의 빗소리
메마른 대지의 건반을
바람의 음표로 두드린다.

무엇을 품고 내리기에
수풀은 저렇게도
감사의 기도를 올리고 있나!

비에 젖은 작은 소리
소곤소곤 들리는 듯...

빗방울 속에는
큰 비밀이 있나 보다
무언지 몰라도
나도 감사의 두 손을 모은다.

박새들의 사유

여명이 나를 비추고
어렴풋이 보이는 능선
나뭇잎 사이로 날아드는 새

바람비에 젖은 머리 위로
까맣게 나타난 새들
알프리드 히치콕의 새를
연상케 한다.

순간적인 공포심으로
옹송그리며 넌 누구냐!

이렇게 많은 새는 처음이다.
아마도 박새일거야.

한두마리는 나무에 앉아
무엇을 지시하고
나의 의구심을 풀 겨를도 없이
낮은 곳으로 쏜살같이 날아간다.

다행이다
지은 죄도 많은데
오늘도 태연히 아침을 맞는다.

소매물도 햐얀 등대

낙조에 스미는 핏빛 상념들이
갯내음에 젖어 흐르고

파도가 삼켜버린 그리움은
노을빛에 물들어 가네

백옥으로 빚은 신의 곡선
하얀 등대
포말에 부서지는 내 영혼

인어공주 에리얼의
미혹의 노래가
아침노을 몽환의 세계를 밝히네

나 그대에게 가리다.
몽돌 자갈 오작교 길을 건너네

산나리꽃

하늘 맑은 숲속 길
7월의 바람은
가슴속 깊은 연심으로
산나리꽃 산문 향기를 흩는다.

꾸밈없이 깔끔하게 난을 친
연녹색 잎의 자신감
청순가련 긴 목에
흔들리는 꽃잎의 진실

언제나 안으로 안으로
순진무구한 지난 세월의 너
순박한 미소는
너의 본심이니라

푸른 소나무 가지 한 뼘
하늘 햇살 우러르는
수줍은 주황색 고혹의 바람이
나를 흔들어 깨운다.

한여름 밤의 세레나데

장맛비 끝나지 않은
7월 말일
잠깐잠깐 빗방울이 떨어지는 한 낮
잎새 뒤에 숨었던 매미
햇살을 반기는
폭서의 시한부 삶의 열정!

매미가 시끄러울 때
장마는 끝나고
열대야의 잠 못 드는 밤의 시작이다.

매미 소리가 있어 여름이다.
에어컨 바람에
식어 내리는 땀방울에
내 여름의 존재도 식어 내린다.

창문을 열면
녹색 바람에 묻어오는
지난날의 기억들
울어 보면 안다.
가슴으로 우는 매미처럼...

매미

기다림이란 무엇인가?
7년의 세월

한순간 울어대는 구애의 연가
긴 장마가 끝나는 시간은 또
어떻게 알았을까?

한 생을 불사르는
존속 보존의 유산

비루한 삶이 아니라면
저 울음의 진정성에
갈등은 없으리라!

호반의 서정

어렴풋이 안개 너머로
먼 산이 보이고
호반에 드리운 단풍이 황홀하다.

밤새워 달려온 새벽빛이
혼미한 낭만의 그림자
물안개를 흔들고 있다.

잊혀진 시간들이 새록새록 피어나는
몽환적인 실루엣
고혹적인 품속으로 뛰어든다.

갈래갈래 허물허물 오르는
물안개의 유희가
지난 세월을 불러 세운다.

낙엽

바람은 어디서 와서는
어디로 가는걸까?
잎새들은 깊은 생각에 잠긴다.

조락을 맞는 잎새들
빨갛게 화장을 하고
먼 길 떠나는 화려한 외출

사그라지는 달빛 유희
실록의 영혼
깊은 골에 누워
이정표를 쓴다.

단풍잎

가을은 왜
푸르던 잎들이
빨갛게 물들어 갈까요

가을은 왜
잎새들이
낙엽으로 떨어지나요

가슴에 쌓인 그리움이
너무나 아파
빨갛게 물들었을 뿐인데

지을 수 없는 마음
잎새 하나에
고이 접어봅니다.

가을산

능선을 지나는 바람에도
색깔은 있고

바람은 햇살을 받아
빛으로 오네.

붉게 물들어 가는
내 마음

잎새에 볼을 만지고
나처럼 입 맞추며

이 산 저 산 가슴에
불을 지피노!

설화

눈 덮힌 발왕산의 설경
천화로 피워낸
바람의 눈물

입맞춤에 얼어버린
내 입술
그대 마음으로 녹을까

백색 얼음꽃 산호의 밀림
한 줄기 빛을 따라
유영하는 작은 영혼들

가을길

무수히 흩날리는 갈잎의 노래
만추의 가을은
발길마다 길을 묻는다.

먼 곳 어디에서 님의 모습이
산 넘어 돌아 돌아
곱게도 번져오는 길

한 번의 호사로움으로
물들어 버린
황홀한 빛의 뒤안길은

내가 걸어온 젊음과
혼돈의 한때를 지나면서
해설피 돌아와

이제는 꿈을 꾸는 시간

한 잎 낙엽에도 설레고
뒤척이는 갈잎에도
한없는 그리움을 쓴다.

초록별(장모님 삼우제 날)

엄마는
포근한 둥지를 떼어 놓고
날아갔습니다.

밤새 내린 눈물이
엄마의 둥지에
성애 꽃을 피우고
하얀 밤을 지새웁니다.

숨이 멎을 것 같은
뜨거운 눈물
내 심장에 뛰고 있는
엄마의 선혈

화려한 이별을 고하는
분향의 향기는
송이송이 국화꽃을
초록별로 띄우시고

세상에서 가장 아름다운
모습을 남긴 채
한 줄기 별을 따라
날아갔습니다.

꽃잎 사랑

아느작 아느작
바람결에 스적이다
떨어지는 고운 빛은
가슴에 물들고

누군가 다가와
사랑을 속삭여도
흔들리다 흔들리다 돌아서는
새침한 자태여

모를리 없는 속내엔
향기 더욱 짙은데
손사래도 저만치
얼굴만 붉히네

오수인 시집

2부

생명의 노래

시는 나의 꽃

외로워도 서러워도 꽃은 핀다.
기쁨이 꽃이고
눈물이 꽃이다.

시공을 초월한 언어예술의 극치
시는 영원한
삶에 대한 축복

영혼을 깨우는 꽃의 향기
나는 글을 쓴다.
그 시대의 문장을 남긴다.

강물 같은 사랑

저 강물은
질풍노도의 위용이
청춘이라면

늙은 강물이 어디 있으랴!

흐르고 흘러
수정 같은 삶의 궤적들이
인생인 것을

흐르는 강물의 깊은 곳
푸른 심장
오직 평화만 있을 뿐

황홀한 노을빛에
물든 사랑
늙은 강물이 어디 있으랴!

목련꽃 당신

바람이 지나가네요
창백한 꽃잎들이
자지러지듯 흔들려요.

봄의 소리 왈츠
리듬에 이끌려
돌아설 듯 날아오릅니다.

창문을 열어야겠네요
내 가슴의 공명으로
그대와 춤을 출 시간입니다.

잎새달이 다 가기 전에
봄을 노래할 거예요
함께 춤을 추어요.

사랑

사색의 길
저 높은데 하늘을 본다.

청량한 바람
하늘은 별들이 반짝이네

별빛 보다 찬란한
내 사랑의 빛

내 자식들의 마음이
저렇게 예쁜데

지나온 길
가야 하는 내 삶의 길

저 높은데 하늘을 본다.

피에로

그냥 웃어라!
웃을 때는
천진무구한 아이처럼

무한한 내재성의
신비로움이
향기로 피나니

꽃잎에 가린
씨방의 씨 한 톨이
황홀한 꿈길인 것을

빈 가슴에
씨 한 톨 품고서
그냥 웃어라!

마당

장씨 아제 알밴 종아리
처자 허리통이네

정자나무 냉랑바람
막걸리 잔에 기울고

이랑이랑 밭이랑
옹이 박힌 농부의 삶

눈물의 보릿고개
채이질도 지쳐갈 때
해는 서산에 뉘엿하네

포개지는 보리 섬에
구리빛 세월

초가삼간 지고 가는
장씨 아제 알밴 종아리

까치집

까치가 집을 짓는다
환상의 집을

그곳에 들어가 살고픈
동심에 젖네

흔들리지 않는 재밍현상
가우디도 놀란 위대한 건축술

떨어지는 가지의 수만큼
노력의 결실

함께 엮이어 누리는 자연의 산실
까치 소리가 들리네요

굴뚝새

작은 새
높이 날면
점 하나로 보일 테지

내게는 소용없는
활공의 의미를

탱자나무 가지가지
기하학적 조화
촘촘 뛰어 타는 하프의 현

긴 하루 해종일
만나고 헤어지고

일상의 신비로움
풀 수 없는 방정식

시 짓는 밤

궁금해 할 것도
힘겨워 할 것도 아니다
용암이 흘러내리 듯
태초의 신비가 새벽을 밝힐 뿐

지구상의 모든 생명체들
열광하는 알몸들이
폼페이 최후의 날
천당과 지옥을 써 내려간 독백

홍역을 앓듯 밤을 지새우는
시인들의 탄식
각기 다른 글자의 유희는
언어예술의 극치

자연에 가장 가까운
순수의 만물상
진실의 향기로 옷을 입히고
화장을 고친다.

단풍잎 하나

만추의 계절
붉게 물든 잎새들

저 잎새 하나 애틋한 사연
나와 같을까

정 하나 그리다
호수에 빠져버린 붉은 연정

지울 수 없는 가슴에
파문이 이네

10월에는 사랑을 해요

그대 먼저 가지 말아요
낙엽이 흩날릴 때는
내 꿈도 사라져 간답니다

내 손을 꼭 잡아요
함께 숨 쉬는 하늘을 봐요

이 좋은 계절에
그대 눈 속에 별을 헤는
꿈을 꿀 거예요

10월은 아직
사랑에 빠져들고
황홀히 물들고 있답니다

그대여!

우리 노래 해요
저 붉게 타는 단풍잎처럼
우리 사랑을 해요

청바지와 끈

멀리서 보면
바위의 핏줄 같다

두려움과 고독한 인내의 시간
생과 사의 끈

하나의 생명줄 빌레이
하켄에 걸은 너와 나

천 길 낭떠러지를 건너는
눈물의 오버행

강인한 체력과 열정으로
기어이 우리는 해냈다

우리의 청춘은 바로
지금부터다

만장봉에 구절초

운해를 비켜 오른
세월의 날개
바위골에 꿈을 꾸는
아정한 자태여

가을을 기다려온 가을 여인
사뿐히 치마폭을 따라나선
이 가을의 황홀함이여

된서리에 향기는 짙어만 가는데
있는 듯 없는 듯
하얀 미소의 여인이여

애절함이 묻어나는 하얀 마음
흔들리며 흔들리며
향기로 백리를 가네

도토리

옹골차고 토실한 도토리들
키재기를 하고 있네
손바닥에 올려놓으니
너나 나나 거기서 거기

모나지 않고 둥글어
다툼이 없고
우리네 토속 내음인 갈색이다

도토리 줍는 아낙의
넉넉한 욕심이
구황의 민낯
풍성한 시골 인심인 것을

고목의 향기

어슴새벽
세월을 곱씹으며
산으로 오르는 두 그림자

미목 수려한 백태천광의 여인
못 잊을 사랑
수절하는 고고한 자태여

흔들리는 잎새의 가지 사이로
비쳐오는 아득한 그리움의 빛
한 발 한 발 걸음이 무겁다

억새꽃 하얗게 사위어 가는데
세월도 잊는 삶의 이면에는
살가운 달빛 다정도 병이런가

노년의 삶

구름 같은 하루가
바람 같은 세월에
손끝이 시리다

시작은 미약했지만
과정은 차치하고도
긴 여정 무겁고 버거웠다

아직 건강하고
아내가 곁에서 떨어질 줄 모르니
잘 살았나 보다

행복 별거 아니야
마당에서 서성이다 보면
시간의 자국들
지워가는 여유가 행복인 것을

사랑의 변곡점

너는 너
나는 나
너 그리고 나
서로를 안아주고 붙들어 주는 사랑

어미닭이 병아리에게
먹이 잡는 법을
가르치는 순수한 사랑

까치가 늙은 어미를
봉양하는 반포지효

돈으로 찍어낸 지식과 인성
보지도 듣지도 못한
문화와 언어를 어찌 알려나

세상에서 가장 위대한 낱말은 사랑
존귀한 사람의 품위는
그늘과 빛을 아우르는 사랑이다.

어느 시산제

수락산 귀임봉
이제 막 시산제를 끝낸
산사랑 산악회

뒷풀이 음식도 차리기 전에
지나는 산객에게
안주를 당겨와
막걸리를 권하는 마음

예를 다해 배푸는 아량깊은 배려
그 선심 황송하다

봄꽃은 절로절로
피는게 아닌가 보다
햇살과 바람
인고의 삼동
가슴에 품었기에
봄은 그렇게 오나 보다

황포 돛대

물안개 오르는
강 언덕에
아련한 그리움이
연잎에 기울어 가네요

시작도 끝도 없는
높새바람 하늬바람
시절 따라 오가는데

녹음방초 강물 위에
소나기 같은 사람아
우연히 만남도 인연인 양하고
숙성되고 곰삭으면 사랑인 것을

나는 나룻배
당신은 행인
물살만 헤아리는데

시우

간밤에 소나기
무에 그리 바쁜지
변죽만 울리고
후다닥 지나가네

학수고대 기다리는
촌로의 가슴에
앞서 간 영감보다
더 반길 텐데

갈증의 물 한 모금
애끓는 농심
하늘을 원망하랴
영감을 원망하랴

봄

산사에 풍경소리
삼라만상의 영혼을 깨우고

목어의 독경 소리에
아침이슬 떨어지네

봄비가
너의 입술을 적시며 말하네
마주 보고 웃으라고

그곳에 봄이 온다네

영춘화 피는 길

고샅길 어귀를 돌아
높은 담장에 올라
첫 손님을 반기는 영춘화

내 생에 꽃들이
묘사의 혼으로 피어나는
봄이 오는 길

얄궂은 운명처럼
그때는 그랬지
우린 봄이였으니까

그래도
첫 손님이 너였다면
얼마나 좋을까

오 수 인 시
집

3부

길

신접

초가삼간 추녀 끝은
하얀 박꽃 매달고

새색시 수줍음은
봉창으로 비추이고

달빛도 살갑게
반쪽을 접었네

촉담 위에 가지런히
하얀 고무신은

박꽃처럼 화사하게
곱기만 하네

위대한 삶

된서리에 하얗게 얼었어도
바위는 말하네
난 그대로야

달빛에 그려내는
물상들의 실루엣
아침이면 선명히 드러나네

진실은 묻히어도
자연속에 의연한데

세상은 기울어도
내 삶의 여정
봄날의 꽃향기 같다네

동행

그림 같은 기차는
물안개 자욱한
강섶 초벽사이로
아스라이 사라지네

이순의 역을 지나
고희를 향해
은빛 그림자
세월을 남긴다

삶의 밀알들이
반짝이는 곳까지
산책길 아침은
언제나 간이역

아내 찬가

장미보다 아름답고
백합보다 순수한
산철쭉 정열에 강한 의지로
들국화 향내 풀어 세상에 흩네

따뜻한 봄날에는
꽃씨 뿌리고
한여름 달아오른 대지 위에
천둥 번개 폭우 쏟아져도
바위 되어 그 자리에 있네

울긋불긋 가을 단풍 유혹에도
겨울날 백설이 쏟아지니
더욱 정직하다오

만화천봉이 거기에 있기로
당신보다 아름다울 수야

작은 조약돌 모아 놓고
작은 조개 껍질
실에 꿰어 간직하고
하나둘 세면서 가자구요

공생공존

세찬 비바람에 잎새들은
빛의 잔상으로
눈물처럼 흩뿌린다

산등성이 넘어가는 저 바람아
공생의 세월이
흔들어서 지워지더냐

네가 나를 안아 간들
내가 너를 안아 간들
부족한 덕으로는 다 부질없는 일

솔가리의 침묵을 외면하는
어리석은 위선의 얼굴들
시구문 돌가루를 뿌려주랴

낙락장송의 그늘에도
바늘 같은 아픔이 있음을
알지 못하네

노을빛 사랑

늙은 하루가
한잔 술만 못하리까
세상을 조금 알 것도 같은데

늙은이 보다야
어르신의 호칭이 어울리는
걸음걸음에 수고롭다

아낌없는 사랑
아름다운 언행
스스로 태우는 노을처럼

가다가 가다가
황홀한 빛으로 남을
꿈같은 사랑도 하고 싶다네

오늘은 새날

새로운 땅을 딛고 일어서는
아침은 신비다
젖은 새벽은 들꽃들의 마음도
젖으며 핀다.

산듯산듯 바람에
잠을 깬 풀벌래들
저들끼리 하는 인사말
나도 알 것 같다.

천지창조 신에게 바치는
감사의 연가인 듯

어딘가에 깨어 있을
혜안의 세월
꿈을 꾸며 살았을 어제처럼
아침은 새롭다.

바람

바람을 보았을까
언제
본 것도 같은데

바람이 불면
세상이 변해간다
태풍의 위력이 얼마나 무서운데

정치 바람은 나라도 삼키고
치맛 바람에 고통받는 선생님들
교권도 뺏어 간다

순한 바람
해맑은 가슴에
꽃을 피우잖아요

76

가을 하늘

옥색 천 펼쳐 놓은
티 없이 파란 하늘

어느 아낙 베틀에서
열두 폭을 지었을고

주름진 이내 마음
창공에 펼쳐 들고

세상사 끝자락
열두 폭에 담으리라

3월의 봄

권리와 의무
나의 한 표가
나라의 명운을 가르는 삼지창

민초의 세치 혀끝
삼지창이 된들
무엇을 찌를 것인가

민주주의 꽃은 선거
진정 3월의 봄은 오는가
진달래 연분홍 물결을 이루는데

나는 꽃이니까

야무지게 머리 빗으시고
언제나 깔끔한 옷매무새에
감추어진 속 마음은
은은한 향기로 배어나네

벚꽃이 만발한 동네 어귀는
상념 짙은 길
사뿐사뿐 마실 길에
벚꽃이 눈부시다.

벚나무는 고목이 되어도
꽃으로 반기는데
내 나이가 몇 살이면 어떠노
우리 친구 안 할래?

내일모레가 내 생일
아흔일곱이면 나도 고목
해마다 봄이면
나도 꽃으로 필거야

어머니!
내일모레가 어머니 생신이네요
뭐라꼬! 생일?
나 많이 했다 아이가

좁은 문

치마바위에서 바라보는
도솔봉과 귀임봉은
치마끈 길이의 능선으로 이어가고

좁은 물살을
헤쳐 나가듯
등산의 묘미를 일깨우는 길

그곳을 숭배하는 신의 추종자들
산객과 계곡의 성감대
멀티 오르가슴의 환희

오묘한 치마 속 성형의 세계는
좁은 문의 신비
지중해와 홍해를 잇는다.

거미의 궁전

밤새워 지은 스텔스 궁전
나무와 나무 사이
높이가 팔 척

우주의 별자리를 찍어가는
허공의 꼭짓점

수없이 벗어나야 하는
삶의 질곡

빛의 비상으로 요동치는
스텔스의 궁전

꽃구름

연옥색 높은 하늘
구름이 꽃이네
아침노을에서 해넘이까지
꽃신을 신고 가네

함초롬히 떠가는
꽃무리 되어
온화한 가슴으로
물들어 가네

생그레 엷은 미소
점점이 훑으며
네가 떠난 그날도
꽃구름 피었는데

화선지 없는 수묵화
가슴에 먹을 갈아
찍어 본 여백은
그대 모습이더라

인생 노트

내 삶의 이랑에는
언제나 허기지고 버거운
삶의 흔적들

지우고 지우다
누더기가 된
남루한 추억 한 자락

돈키호테와 산초의
풍자극을 쓰는
붓 한 자루면 어떠리

별밤 황홀한 하늘가에
잊어버린 나의 모습
한 줄 시어를 찾아서 가네

가로등의 가슴앓이

삶을 지향하는 뜻이 달라
누구도 아닌
자신의 길을 걸어간다

하룻길을 매김질 하고
외로운 취객의
비틀거리는 그림자

외로움을 안고
외로움이 걸어가네

가로등 불빛의
연민의 정
속울음에 가슴앓이 빛이다

만추의 서정

어젯밤 안개비에
젖은 상념들이
잎새마다 도장을 찍는다.

하회탈을 쓴 얼굴들이
황홀한 춤사위로
세월을 회롱하네

꿈같은 날들이
낙엽처럼 떨어진다지만
오늘이 화양연화

어제가 그리움이고
오늘이 추억되니
아마도 그렇게 익어가나 보다.

저녁 노을

석양의 노을은
하루하루가
저 혼자 붉더냐

삶의 매김질로 내려와
수많은 날들이
제 몸 적셔 침묵하는데

찰나의 빛들이
너를 만들고
나를 만들었을까

우리 영혼의 보랏빛 하루
너와 나의 이야기
황홀히 써가네

삶은 속죄의 길

사는게 죄
회계하라
모든 죄의 흔적을 지워라

네 심장을 꺼내
은백색 눈 위에
봄물이 녹아내릴 때까지 씻어내라

너의 초가지붕을 덮은
하얀 눈의 무게가
네 죄의 형벌이니라

넌 네 집에서 걸어나가라

회한의 바람이
봄바람으로 불어오고
들풀과 나무들의 노래가 한창일 때

길가에 풀 한 포기
꽃 한 송이가
너의 모습이니라

겨울 잎새

눈 덮인 능선길에는
바람도 외롭다

파르르 떨고 있는 갈잎에
마주 보는 내 마음
책임도 못 질 거면서
추파는 왜 던졌을까

모질게 살아온 너이기에
놓을 수 없는 삶의 뒤안길

어차피 세상사
흔들리며 살아가는 것
네가 숨 쉴 때
나도 그렇게 흔들렸으리라

황혼

시리도록 아름다운
저 노을빛에도
두려움이 있을까

그대의 향기가
시들지 않을
세상이 있을까

아련히 손짓하는 곳
어딘지 몰라도
난 가야 하리

내 생의 희로인
함께여서
행복했다고

삶의 의미는
사랑이고
그리움인 것을

산다는 것은

세월이 간다기에
봄 여름 가을 겨울이
간다는 것으로 무심했는데
설마가 나였을까

세월의 무게를
어떻게 들어 올려
그때는 산도 들어 옮길 것
같았는데

조락의 인계점을 넘은
시린 마음
한랭전선의 눈비에
젖는구나

그래도 지난 세월
잘 살았네
나의 모습이
나를 남기고 가잖아

첫눈

천화로 오시는
천의무봉 천사의 나랫짓
첫눈이 내리네

하얀 꽃
하얀 마음
세상이 이렇게 깨끗한데

내 마음
저 눈에 녹으면
눈처럼 하얗게 될까

꿈같은 날들이 지나 간
그 길에도
첫눈이 내리네

겨울 나무

나목은 발아래
경전을 펼쳐 놓고
온종일 바람 소리 독경을 외고 있다.

세상에 영원한 게 있으랴
힘들어 부러진 가지
생을 마감한 썩은 나무들
극락왕생을 비나 보다

서로가 비좁게 살아온 게
잘못이던가
자연이 저를 진 데
주어진 환경을 탓할까

길섶에 구르는 낙엽을 보라
모두가 세월의 꽃인 것을

눈꽃을 보며

겨울산 능선은 어느새
눈꽃을 피우고
망중한 하늘을 보네

먼 먼 하늘에
점점이 내리는 그리움은
어떡하라고

바람이 바람을 좇아
바람과 바람 사이로
비껴가는 바람

산길을 넘어가는
순백의 너의 모습
세월의 바람이었나

오수인 시집

4부

꽃과 나비

목련

봄은 잔설을 밟고
빛과 바람으로 온다
백의의 하얀 목련
화려한 외출

저 모퉁이 돌아서면
된바람 낙엽 되어도

속세간의 바람 불어
다시 나를 깨우는 날
하얀 목련으로
당신 곁에 피리라

산 라일락

오월의 모퉁이 산길에는
하얀 산 라일락꽃
향기 짙은데

그곳을 지나야
정상으로 오르는 길

산 철쭉 지고
아카시아꽃 떨어지는데
내게도 잊힌 향기가 있었을까

그 오랜 세월
그리워서 서러운 라일락꽃
그 길을 가네

접시꽃 당신

해마다 유월이 오면
당신을 만나러 가는 길에는
설렘과 두려움으로
잠풍이 풀벌레를 깨웁니다.

새벽빛에 드러난
숫접은 모습이
환하게 밝아오는
아침의 꽃이라 해도
난 아직
그대 곁에 머물고 싶습니다,

해는 서쪽으로 기울어
해설피 남을 당신의 모습에
어둠은 빠르게 묻어와
그대와 나의 사랑을
지워갈 것 같아서요.

오랜 기다림도
울다가 웃다가
웃프게 살아가는 길
기다리는 유월이
그래도 행복합니다.

고주박이

파랗게 넘어오는
하늘을 이고
산새들 지저귀는 언어
미풍에 흔들리네

천년바위 참선에 들고
푸르게 푸르게
작은 잎새의 바램에서
숲을 이루었네

새마을 사방사업에서
아카시아 오리나무가
곤고한 이 땅에
치산치수 물꼬를 트고

산자수명 비옥한 땅
일구어 낸 기적
아름드리 기억 속에 그 영혼
이 강산을 지킨다

이슬에 젖는다는 것은

새벽이슬에 젖은 세월이
그리움을 데리고 와
어디로 가자는가

무작정 가슴을 내어준
민낯의 호박들이
이슬처럼 해맑게 웃는 날

메뚜기 이마는 나바론 절벽
태양빛 짧아
이슬로 내리는 백로

누구에게나 아슴한 미래의 삶
새벽은 이슬에 젖고
아침은 영롱하다

베토벤의 독백

3색 문화가 흐르는 다뉴브강이
지난 세월의 나를 알까

오늘따라 나도 참 알 수가 없네
하루를 뒤집어 천년을 갚을까

사랑의 정의를 알면서도
사랑하지 못하는 강물의 혼돈

물의 입자가 핏줄을 타고
뇌 새김질 시키는 통곡의 강

별빛의 유희는 황홀했다
내 눈물이 어젯밤 별이었구나

망백초

내 손에 쥐어 준 호미 한 자루
세상과 인연이 되어
봄보다 먼저 꽃을 피운답니다

먼저 떠난 영감 잊고 살아도
내 몸 아플 때는
죽도록 미운 사람

살피꽃밭 그 고운 꽃 중에
내게 준 망백초
꽃 한 송이 피우지요

망백의 가지에 걸어둔
그대 얼굴이
환한 등불을 밝힙니다.

들국화 연서

금빛 쏟은 가을은
옥색 하늘을 날고

들국화 마주하니
평화로운 설레임

철없던 시절에
풋사랑 언약들

꽃잎 사이사이
향기로 곱게 접어

가을바람 흔들어
띄워 봅니다.

매생이

한 올 한 올 매생이
은쟁반에 올려놓고
누군가 해맑은 얼굴을 그려본다.

삼단머리 곱게 빗은
그 소녀가
은파만경에 달려온
젊은 날의 초상

갯벌 같은 감미로움
향내로 번져오는 그리움에
빗질을 한다.

순희의 꽃신

은빛 가람에 한 점 구름 떠가네
목이 긴 하얀 새야
지난 세월에도
갈꽃으로 피었더냐

계절마다 빛이 다른
저 냇물에
누군가 그리움에
붉게도 젖었나 보다

목이 긴 하얀 새야
유년에 떠나보낸
너의 꽃신이
그립다 울지 마라

빨간 단풍잎
꽃신이 되어
보일 듯 보일 듯 뒤척이며
저기 떠내려 가고 있구나

하얀 그리움

어찌어찌 오셨을까
간밤에 울고 간 바람이
그대였을까

살짝 다녀간 차가운 눈발이
신작로 그 길에
소식처럼 남기고

애달픈 그리움은
설원에 핀
은빛 환상의 꽃이랍니까

바람이 쓸고 간 내 영혼의 빈터에
천화로 오시는 그대는
그리움입니다.

두물머리에 서면

아침고요를 깨우는 물소리에
너의 소리 들리는 듯

여울목 턱진 물목이에
네 모습 아롱아롱

한 해 한 해 또 한 해
안개비에 젖어간 세월도
내 생의 갈망도

물안개 하얀 너울에
이울고 가네

꽃잎에 쓰는 글

꽃잎에 이슬이
꽃물로 배어나면
내 마음도 꽃으로 필까요

천상의 향기로
오방색을 피워내고
초록을 꿈꾸며

원근의 백합처럼
순수한 언어들이
한 겹 한 겹 움트는 날

한 줄의 시어가
산 그리메에 평화로이
꽃물에 젖습니다.

얼음꽃

파란 하늘빛은 차가운데
옥천 물줄기
바람에 실어 오네

은빛 상고대 티없이 맑고
순수한 빛으로
가슴을 파고드네

서로를 알아 가는 한 생에는
황홀한 빛의 굴절
놓으면 깨어질까

한 올 한 올 그대 가슴에
애틋한 사랑으로
녹아내리고 있다.

복사꽃 필 때

약수터 앞 너럭바위에
복사꽃이 떨어지네
꽃의 입술이
암각화로 새겨지는 오후

연분홍 기억들이 켜켜히
쉬어가는 무풍지대
나비 한 마리 날아오릅니다.

그리움은 새싹처럼 파릇이
내 안에 가득
복사꽃 가슴을 열고
쏟아 냅니다.

어느 봄날

화사한 꽃들이
나의 뜰에
눈부시게 내려서면

꽃들이 봄을 데리고 오는 건지
봄이라 꽃들이 피는 건지
알 수 없는 봄날

꽃 속에 어리는 그대여
상기된 두 볼이
붉게도 젖는구려

유난히도 화창한 봄날
그 길에는
그리움도 꽃입니다.

백목련

하얀 꽃 앞섶에는
그윽한 향기로
천추의 황홀함이여

백옥같은 살결에
볼록한 젖무덤이
고귀한 사랑의 증표라면

삼동을 지나온 어미의 사랑
연단의 마음이
찬란한 빛으로 오시네

너의 흔적은
고귀한 자태의 영광으로
오롯이 남을 어미의 이름이니라.

설피

눈이 내리네
하얀 눈이 내리네
님이 걸어간 하얀 언덕에
그 모습이 보일까

지워지지 않는 기억들
차가운 손으로
숫눈길을 헤쳐가고 있다.

믿음 같은 큰 소나무를 지나면
이정표 같은 무덤 두 개
말산리 관음사 가는 길

더는 알 수 없는 희미한 길
거친 숨소리가
많이도 걸어온 지난 세월
설피를 꺼내 본다.

얼굴

애틋한 사랑
몇개의 그리움이 내 영혼의 뜰 안에
피고 지고 살았을까

장모님 기일
점점 더 가까워지는 그날
세월의 편린들을 맞추어 봅니다.

억겁 세월의 인연이 닿아야
만난다는 부부의 연

만혼의 신접살이
혼수로 들여주신 꽃무늬 그릇들이
사랑의 여운으로 남아
거울지게 피어내는 얼굴

인자하신 생전의 모습
내 그리움의 한 송이 꽃
가슴으로 피어봅니다.

누이야

금풍에 물든 만산홍엽은
아름다운 채색으로
물들어 가는데

백학이 공산으로 날아오르는
무념무상의 나래짓

바스락대는 잎새들의
슬픈 조락도
아직도 피어있을
백옥루 월광화에 쉬어 갈 시간

세상사 끝없는 번뇌의 길
마음으로 굽어 볼
정 하나 두고 가소서

가을 서정

빨간 단풍잎 하나
쪽빛 하늘에
묵향의 시 한 수 그리고는
바람이란다.

흘림체의 한 문장에는
새하얀 갈꽃이
순한 감정으로 써 내려간 언어
그리움이란다.

한 시대를 풍미한 춘양목
세월을 배고는
썼다가 지우고 다시 쓰고는
기다림이란다.

산길 어귀를 돌아 온
낙엽의 언어들
사랑은 만나고 헤어지는
시절 인연이란다.

가을 편지

해마다 바람에 지우는 낙엽
그리워 애태우는
한 해의 기다림도

노란 손수건처럼
가로수 곳곳에
흩뿌리고 있네

추억마저 지워가는 그 길에
아는 얼굴인 양

은행잎 하나 붙들고
안부를 묻는다.

문주란

수술과 암술의 맥박이
뽀얀 살결
정맥으로 오르고

신비의 울림으로
밤새워 들려오는 너의 숨소리

하얀 여인
네 영혼의 노래가
아침 창가에 드리우면

설렘의 가슴은
너의 손끝을 따라
황홀한 성전의 문을 여네

회상

은빛 설원에
홀로 선
나신의 여인이여

닳아 해진 시간들이
검은 세월
피사체로 남아

북풍한설
서러움과 외로움을
순백의 눈꽃으로 피워냈네

내리는 눈이
너무 많아
가슴이 젖어 오면

나
그대 설원에
잠들고 싶어라

꽃의 정원

산길 양지바른 곳
꽃 하나 심었네
허리 굽은 백발노인이 심었다네

그 향기 온 산으로 번져
오가는 사람들
쉼터가 되었네

앞 계곡 조잘대는 물소리
여기 한 번 돌아보소

꽃은 피고 지고
산바람은 계절도 없는 것을
무엇을 헤아려 보랴

아름다운 세상

산은
거기에 있거라
물은
소리 내어 흘러가라

나는
산을 닮겠으니
너는
물을 닮아라

오수인 시집

5부

향수

124

목련

사랑하는 그 사람
목련을 닮아

사랑하는 그 사람
목련이여라

사랑하는 그 사람
사랑하는 그 사람은

목련꽃과 어머니

세월은 사위어 가는데
못다 부른
나의 노래여

그 옛날의
따사로운 햇살 살아 오르면
나 노래하리

뽀얀 무명 적삼
기품 서린
내 사랑 목련화여

빈 가슴에
꽃 한 송이 피우고
하냥 그리워 우옵니다.

열애 / 오승혜

촛불은 왜 흔들릴까요
바람 때문일까요
눈물 때문일까요

내 눈물 모아
여기 있을게요

그림자는 왜 흔들릴까요
바람 때문일까요
눈물 때문일까요

내 눈물 모아
흔적 하나 남깁니다.

그대 볼 수 있게요

추억 / 오귀련

신작로 몽돌 자갈
소달구지 덜컹거리고
한낮의 햇살
가슴으로 쓰러지네

먼지가 다 사라져도
버스는 안 오고

간이의자에 살풋한
낮잠 속에서도
무쇠솥에 뚝배기 된장
계란찜이 먹고 싶은 소녀

엄마는 아직도
소금에 절인 갈치를 흥정하실까

뽀얀 먼지 속에
엄마를 기다리는 소녀

하늘에는 달 / 오동현

하늘에는 달 산에는 산딸
우리 집에는 왕딸(오영지)
콩딸(박민영) 콩콩딸(박민지)
달은 어두움 속에서 빛나고
산딸기 산에서 향기롭네

우리 집에
왕딸 콩딸 콩콩딸
할아버지 이 마음 밝게 비추고
사랑의 향기 가득 채우네

달은 하늘에 살고
산딸기 산에서 사네
우리집 왕딸 콩딸 콩콩딸
할아버지 마음속에 사네

우리 손녀 민영 민지
달보다 아름답고
산딸기 보다 향기롭다네

영남 알프스 억새

봄 그 보드라운 잎새들이
아직은 꿈을 꿀 시간

지금은 9월
금풍에 익어가는 억새

순수자연의 몸 놀림에
7개 준봉이 흔들리는 고산화원

매년 오르는 간월-신불-재약산
하얀 억새꽃 춤추고
산객들 축제 같은 산행

으악새 슬피 우니 가을인가요
고복수 선생님의 짝사랑
세계 유일의 으악새 우는 산이다.

쉽게 말해요

애리한 잎새 한 아름
꼭 안아보니
녹색 물이 가슴에 젖어오네요

철쭉꽃 고운
햇살 밝은 산길에
함초롬 그리움 피워내고

그대 꽃분홍 가슴에
젖어 볼래요

가난한 이 글에 꽃이 필 때는
그냥 사랑한다고
우리 쉽게 말해요

갈대의 봄

버거운 지난 세월에
몸짓 하나로
흔들며 흔들며 부르던 노래
갈대의 순정

누가 갈대를
여자의 마음이라고 했을까

퇴색하지 않은 금빛 물결
갈꽃을 흔들고 간
지난날의 그리움은

아직도 변함없는
새로운 한 살이
봄 햇살 따사로운
가슴을 여미고 있는데

낙동강 천변 이야기

녹음이 짙어가는 계절
풍요의 강물은
낙동강 천변 뚝에 차오르고

청록색 고운
물총새 한 쌍이 난리 법석이다
얄팍한 사랑은 아닌 듯

우주가 뒤틀리는
원초적 몸놀림에 생존의 비화

송사리 떼 낙아채는
삶의 굽이들이
옹이진 그늘에 파문이 이네

바위가 되어

세상은 돌이다
경이로운 바위의 아름다움
모든게 신비다

수락산을 오르다 보면
나의 존재를
큰 바위 그 속에서 그려 낸다

바위산이 나무를 길러내고
야생화를 피워내고
계곡으로 물도 흐르게 한다

이끼로 감추어진
바위의 눈물을 보았으랴
영혼이 살아있음이야

수락산의 자연

수락산에 봄이 오면
온 산은
진달래 연지볼 꽃물결이 넘실댄다.

입춘이 지나고 2월 중순
곧 3월의 햇살은
아직도 응달에서 잔설을 밟는다.

뽀득뽀득
봄이 올 때까지 녹지 않는 구간
바로 이곳이 철쭉 군락지

무엇을 기다리는 마음

겨울은 꽃을 피우기 위한
인내의 시간
겨울은 겨울대로
마른 가지에 상고대 눈꽃이 핀다.

상고대

바람골 산길에는
찬란한 얼음꽃이 황홀하다

스스로 지울 수 없는
그리움처럼
천상의 약속

한 올 한 올 바람의 핏줄로 엮어낸
찬란함은 아마도 그리움일게야

몇 개의 시간이 자나간 그 길 위에
얼음꽃이 녹으면
나는 또 무엇으로 그리워해야 합니까

철쭉꽃은 슬프지 않다

작아도 고목이 된 철쭉나무
바위 끝 쓸어안고
진달래 지고 나면 연달아
꽃을 피워야 하는 연달래꽃

여름 뙤약볕 갈증에도
흘러가는 구름 한 점
그곳이 생명의 꿈을 버릴 수 없는
내가 살아온 이유

누가 구름같은 삶이라 했던가
누가 바람같은 삶이라 했던가
그래그래 어찌어찌
살아지는게 삶

녹색 잎들이 파릇이
연둣빛 하늘을 이고
이산 저산 굽이굽이
멀리 날아보는 연분홍 마음

목석같은 사내

네가 어떻게 알아
가슴에 봇물
불어서 터졌는데

요조숙녀의 순정을
탐하는 사내들아
보편적 관계에도 길이 있는데

그래도 그렇지
내가 어떻게 먼저 말을 해

저만치서 서성이는
잘난 네놈도
오감이 살아 있기나 한지

우둔한 너에게 봄은 있었던가
꿀벌도 마지막 꽃을 찾아
날아가네

봄의 노래

먼 산이
손에 와 닿을 듯

천상의 하얀 나비
꽃비로 내리고

사랑의 기쁨도
향기로 온다면

산벚꽃 하얗게
그리움을 쓴다.

나의 봄

남녘 융풍에
실어 온 연분홍 빛들이
너의 고운 살결에 향기처럼
햇살에 어리는
간드러진 봄을
너는 보았으랴

세월이 걸어간 그 길에는
삶에 지친 돌멩이들
엉망진창으로 쓰러진 자리에

애어린 풀잎 등줄기에도
한 줌 햇살
마법처럼 두르고
봄은 몽환처럼 왔다가
마술처럼 꽃들을 피우네

장가계

미지의 메아리들이
천하제일 교를 건너면
억겁 세월을 다독이는
신의 음성 들리는 듯

빗물이 호수를 만들고
위로는 천 길 벼랑
풀 한 포기에도
시공을 초월한 천지창조의 모태

파란 호수에 드리운
산 그림자
혼자 여럽고
보봉호를 건너는 윤슬이 한가롭다

유리 다리를 건너는 선과 악
대협곡으로 투신한 악한 마음
신께서 날개를 거두었구나

용맹 무쌍한 토우족의
화려한 전설의 무용
인간미 넘치는 환희의 축제
그렇게 밤은 깊어만 가네

오월의 꽃

내 너를 보면 눈물이 난다
가냘픈 손놀림에
새벽이슬 같은 눈물을
별빛 함께 떨구고

가발공장 여공으로
독일 파견 간호사로
손톱 밑의 피멍울이
잊혀진 세월이구나

헐벗은 산야에
환하게 부서지는 달빛처럼
누이의 설움이
함초롬히 철쭉으로 피어날 때

한 세대를 풍미한
골 깊은 삶의 꽃
황홀하게 피어나는 오월에
내 너를 보면 눈물이 난다

흑백사진

하늘은 갯 바위를 낳고
바다는 삶과 죽음
그렇게 의연했는데
파도의 포말에 씻긴 몽돌 자갈들

갯 바위를 건너온 우리 육 남매가
젖은 해변으로 걸어가네
내가 끼어들 순번을 헤아려 본다
제일 앞에는 형님이
두 번째가 나
세 번째가 해당화를 닮은 누이
두 해 전 하늘나라로 먼저 가고 난
빈자리에 몽돌이 대신했네

갯 바위에 포말처럼
사라진다 해도
그리움은 생생한데

갯 바위에 몽돌 자갈
순번을 채웠으니
가족사진의 완성
흑백사진 걸작품의 완성이다

가을 하늘

저 구름
여름내 흘린 땀이
맑은 영혼에
옥으로 영글었네

가다가 가다가
옥색 하늘가에
어릴 적 날아간 풍선이
거기에 있을까

천생 착한 마음이
눈에 담을
티없이 깨끗한 하늘에
무엇으로 더럽힐까

불꽃같은 가을

끝없이 달려가다
잡은 너의 손

너와 나의 마음이 더욱더
투명해 질 때까지
너의 가슴에 불을 지피네

온 산을 불태우고도
남을 우리 사랑

사람들은 그렇게 부르지
황홀히 번져간 그 영혼을
가을이라고 부르지

오늘

객포항 채석강에
오늘이 누웠네

켜켜이 포개보니
억겁 세월이더라

지나간 삶은
오늘로 쓰여지고

무수히 기다리던 오늘이
파도에 씻기우네

벼의 생각은 황금색이다.

황금색으로 일렁이는
저 넓은 들에
고개를 숙인 벼들을 보라

서로의 어깨를
좌로 우로 바람의 리듬을
거스르지 않아
넘어지지도 않네

알곡으로 채우는 조그만
낱알 하나가
번개와 태풍 혼을 담아내고

벼는 스스로 익을수록
고개를 숙인다.

달 그림자

빈 가지 끝에 초승달
아릿한 빛이

그리움의 옛길에
그림자 하나

저 달마저 내게 없다면
난 또 무엇으로 외로울까

그 날

하얗게 내리는 천화는
화성 성곽을 더 높이 쌓고
정조 대왕의 혼령의 소리
들리는 듯하다

각루에 올라
창 하나에 방패 들고
선한 놈
독한 놈
비루한 놈
사람 같은 한 놈을 선발해야 하는데

눈 속에 묻혔으니
그놈이 그놈

봄물로 흐르는 용용수에
스스로 마음을 씻고
환생하는 어진 놈
한 사람을 뽑는 날은
서장대에 의좌 하나 오른다

물먹는 하마

어쩌겠나
세상이 온통 텅 빈 것 같이
허전한데

심고 보니
시들은 꽃 활짝 피어나는 것을
폼생폼사가 아니어도

이제는 좋은 일로만
씹고 뜯고 즐기는
환희의 가신

무덤까지 함께 할 동반자
아끼고 사랑할 거야

나의 봄

옷소매 끝동은
봄비에 젖었을까
차가운 날씨에
옷깃은 여미었을까

사립문 지나치는
사분대는 소리에
혹시나 아닐까

봄은
저 멀리서
더뎌 온대도

난 여기서
아직은 기다립니다
나의 봄을

발행일 ┃ 2024년 10월 25일

지은이 ┃ 오수인

발행인 ┃ 도서출판 유성

펴낸곳 ┃ 도서출판 유성

주 소 ┃ (우 03924) 서울시 마포구 월드컵북로 332-19,
　　　　　상안라이크3빌딩 201호

연락처 ┃ 070-7555-4614

E-mail ┃ youseong001@hanmail.net

등 록 ┃ 2019-000098호

정 가 ┃ 12,000원

ISBN 979-11-988954-1-7(03810)